자주달개비꽃

이인해(영주) 시집

자주달개비꽃

이인해(영주) 시집

예술의숲

시인의 말

시인이라는 부름이 정말 부끄럽고 미안한데

산수가 지나 또 쓸쓸히 시집을 묶는다.

나는 내가 신발을 벗어놓고 갈 저 밭 달개비
망초꽃들에게 얼마나 진실했을까?

이젠 가책의 습관도 저무는데.

◈ 차 례 ◈

1부. 달이 그림을 그리다

2부. 늘어진 저녁

3부. 귤은 나를 먹지 않는다

4부. 가슴속에 숭어 떼가

1부.

달이 그림을 그리다

자주달개비꽃

오늘 아침 앞집 축대 돌 틈에서 너를 봤다
네가 온 그 아름다운 이유를 봤다
난 네 이름을 한참 두리번거렸지
그런 내가 너도 착해 보였을까

묻지 않았는데도 어떤 지인이 가르쳐준 네 이름
한 소녀 같은 너의 색깔 너의 꽃잎
네가 너를 닮으려고 너 혼자 애를 태웠을까
그런 너를 별이 알고 불러줬을까
별이 불러서 자줏빛이 되었을까

축복

민경택 씨가 며칠 안 보이더니 죽었단다 잘 갔지 싶다
충주댐 수몰민으로 이 동네 살았지 멀쩡한 미혼 큰아들 자살 해 죽었지
중고등학교 애들 봉고로 등교 시키며 보상받은 거 빼 먹으며 소일했지

이제 나이도 다 되어 뭐 하는 일 없고 취미도 없어 빙빙거렸지
잘 갔어 잘 갔어

무슨 암 진단 받았네 하더니
그냥 간 거여

집 앞 길가 빨간 프라스틱 통으로
주차장 확보 해놓고 늘 불쾌하게 하더니 정말 잘 잘 갔어

아직 치우지 않은 저 빨간 프라스틱통 치울까 말까

나도 요즘 고지혈약 먹는데
먹지 말라는 돼지고기 걍 먹는 중여 나도 소문
없이 은근하게 가길 바란다 이거지

때가 지났는데도 악을 쓰고 펴 있는
그 집 앞 노란 국화 좀 봐
정말 정말 잘폈네

비의 뒷모습

여자가 잠든 사이 나뭇잎이 젖고 있다
비의 이야기에 툭툭 떨어져
땅으로 내려앉는 나뭇잎
살아서 떡잎이 되는 대화들 문장들
여자는 잠의 강물에 떠내려가고

기다려야지 비가 그치기를
실크 같은 피곤에서 깨어나길

비가 오면
잠은 왜 이리 깊어지는지

새소리에

산에 들에 나아가
새소리에 꽃들이 피는 걸 알았다

새가 울어서
노란 애기똥풀
분홍 메꽃

그 사이 사이 하얀
망초꽃 그런 수많은
꽃들이 핀다는 거다

하늘이 끝도 없이 푸른 것도
새들이 저렇게
울어 쌓기 때문이다

어머니

진달래 속을 들여다보다가
나는 무위에 도달하지만

어머니 무덤에 앉으면 아니다
아름다움과의 끝은
허허한 벌판일 수도 있으나

깊은 자애의 소용돌이는
영원한 소용돌이일 뿐이다

진달래꽃에서
자귀나무꽃에서
돌아와 곤한 잠에 빠지다가
하얗게 깨어 살아가지만

그이는 항시 내 앞 아니면
저 멀리 뒤에서라도
따라 오고 있다

종욱이네 모란꽃

종욱이 할아버지 지팡이가
한참 늦은 봄빛에 반짝이는 요즘
사랑채 화단에 모란꽃이 피었다

할아버지가 소년 시절 심었다는
저 모란꽃 밑동이 굵고 검다

시간이 70여 년 흘러서
댓돌에도
이끼가 청청하다

할아버지는 좀처럼 꽃을 보시지 않는다
가끔 거기 앉아 누굴 생각하듯
멍 때리기를 하신다

모란꽃은 곧 질 것이고
가끔씩 기침을 하시는 할아버지
학원서 가방 지고 오는 종욱이 머릴 쓰다듬는다

그리고 한여름 되면 우리들은
모두 이 계절을 잊을 것이다

밤

어떤 외등은 노랗다
어떤 가로등은 하얗고
어떤 차등은 파랗다
교회의 십자가는 핏빛이다

별도
파란별 있고
노란별이 있다

제멋대로의
이것은 얼마나 다행인가
다행이기 때문에
사람들은 상관하지 않는다

이 밤 나는 알았다
역시
별들이 나를 그냥
봐 주는 이유를

흑염소

세계에서 제일 까만 건 너다 그래서
너를 보고 있으면 나는 하애진다

높은 바위 절벽을 올라가
뛰어다니는 까망

연한 풀에서 뻣뻣한 솔잎까지 먹는
잡식성의 외고집

그래서 빛나는 너의 까망
주인을 졸졸 따라가는데

결국은 염소탕집이구나

사내들 서넛
그쪽으로 걸어간다
더욱 진한 어둠이다

바위에 대해

생각하는 중이네

냇물 가운데 들어앉아 살고 있는
바위를 바라보는 중이네

내 지극히 고요한 날의 저 친구
아무리 바라봐도 싫지는 않아서

그 말없음에 대해
나도 말없음으로 통하는 것인지는 몰라

바위는
피는 꽃 뜬구름 박사지

흘러 떠나갈 것과 풀숲에 울며
지는 것 다시 올 것 다 알기 때문

끝없이 살며
세상 물끄러미 바라보네

상대리

텐트가 아니고
벽돌을 쌓아 새로 지은 딸기매점이 있다
주차장이 넓다

퇴직연금 수혜자일까
칼국수도 팔고
여유롭게 친절을 파는
그 집 아줌마

사는 게 저러면 좋을 것 같은
그 집 아줌마
박새처럼 부지런하고
착하다

그런 무심천 상류 둑 안동네
봄바람 상대리
매화가 팝콘처럼 터진다

내가 지나가는 출퇴근 길
기끔 학원 버스가 애들을 데릴러 오는
청주시 상당구 가덕면 상대리

꽃밭에서

꽃을 보러 갔는데
꽃들이 나를 보고 있더라구

쭈그러진 내 얼굴
둥글게 빠져버린 머리카락들을
흉한 듯 보더라구

웃을 때 누래진 이빨들
힘없는 발걸음
넌 꽃이 아니라고
넌 바람도 아니라고
코스모스 피우는 계절도 아니라고 하면서

그러거나 말거나 나는 꽃을 봤네
연분홍 그 물결에
한나절 웃다가 울다가
앙갚음하듯 꽃을 봤네

쌓인 과거를 벗고
꽃 속으로 들어갔네

꽃기린

어느새 저리 폈을까
칠학년 오반 늙은 아내가
관절통으로 거실을 기어다녀요
화분에 물도 못 줘요

마당에 즐비한 화분
젊은 날이 백 개도 넘는데
다 말라 죽고
꽃기린 하나가 빨갛게 폈어요

아내 병원 다니는 동안
그는 고개를 쳐들고 꽃을 피웠어요

지나버린 애기처럼
붉은 붉은 꽃을

변곡점

겨우내 물 길러 올린 목련
나무 끝에 꽃망울이 커진다
커지다가 활짝 피운
꽃들 쏴르르 쏴르르 진다

피는 꽃 보고 지는 꽃 보며 걸어가는
탱탱한 아가씨 출렁이는 가슴 속 유두
$y=x$의 등식이
그려놓은 그래프선

올라갔다 내려오는 그 선의 정점
무량 무량한 별들의 나라
한편의 시를 쓰기 위해
내가 서 있는 거기

오월이 가는데

겨우내 눈 한 번 펑펑 안 오더니
오월이 다 가도록 비 한 번 죽죽 안 온다
너도 가물고 나도 가문데
다들 가문 줄 모르는지 잘들 산다

농투사니들은 안다
가물어 죽는다
상대리 봇물이 팍 줄어들고 못논이 찌적거린다
길가 쑥들이 팍팍 자라지 못하는 구나
정치를 개코같이 하니 날씨마저 이 모양이지
삽을 든 농부가 떠든다

비가 안 온다 올 듯 말듯 안 온다
네가 보고 싶다
주룩주룩 네가 와야 해
그 소나기 맞은 머리카락
싱그런 그 얼굴로 와야 해
가물다 네가 가물다

연못에 연꽃 뜰 수 없게 날이 가물다

주룩주룩 오는 비처럼
넌 왜 안 오는지

모내기철

쓰러지는 어제 위에 오버랩 되며
또 하루가 넘어진다

참 무료한 낮에는
땅콩 껍질 까서 먹었다
밝은 오월의 햇빛이 놀러오고
점심 식사도 커피 한 잔도 습관이다

창문 열면 회사 앞 도로 먼지 휘날리며
달리는 차량들
그 바퀴 아래 시간은 힘차게 시체가 된다

등나무 꽃이 지고 있다
주렴처럼 풍성하던
아침과 열시의 향기가 분리된다

인쇄기에서 줄줄이 튀어 나오는
제품이 차에 실린다
세상 밖으로 간다

한 아이가
벌써 아이스크림을 먹으며 온다

오월도 늦은 오월이다

이앙기가 돌아가는 들녘
모내기가 한 고비 넘어간다

오후 5시
초여름 바람에도 시린 관절로 서서

다시 또 다시 짙어가는 녹음 길을
바라본다

달이 그림을 그리다

민물고기들이 얕은 물가로 나와 노는
냇가의 달밤
묵은 갈꽃이 슬프다

저 참나무 숲으로 가는 황톳길이 빤하다

지금 고요한 달은
내가 너 그리워하는 것을 그리지 않는다

숲은 다시 밤의 표정으로 돌아갔다
쑥국 새의 울음소리도

연밭에서

자주 가는 연밭이다
7월 중순에 지는
연꽃이 있다

풍덩, 물에 빠지는 특별한
미인의 종말
한 시대 풍미한 미인의 시체
더 추해 보인다

아름다움도 고달픈 미래를 지니는 건가
등이 파아란 물새 한 마리 날아간다

저 새의
멋도 한창일 텐데

새의 시체는 본 적이 없다
심오한 자존심일까

수박등

열 살 위 형이 있었어
종손이라고 군대도 못 가게 했고
할머니가 늘 떠받들어 나보다 훨씬 높은 데서 살
았지

위장이 나빠 보리죽을 먹었고
며칠씩 굶으며
사랑방 툇마루서 누워 일어나지 않던 형

대나무살 수박처럼 얽고 화선지 붙여
환한 등을 만들었지
참 미남이던 형

시를 써서 신문사 당선에 들던 형

겨우 마흔 넘기고
심장병으로 죽은 형

지금 막

그러니까 지금 막 호박꽃을 꿈에서 봤어
황홀한 꽃잎 벌리고 서서 있어
지금 막 꿈속에서 봤어 얼마나 향기가 황홀한지
아는 이가 있을까

초저녁잠에서 깨어난 내 옆에 해피란 놈이 있네
지가 뭔데 강아지 주제에 베드 메이트가 돼 가
지고 저럴까
지가 내게서 뭘 느꼈다는 건가 뭔가 작은 버드
나무 같은
강아지 해피 놈이

애들이 지어준 이름의 뜻을 제 놈은 전혀 모르고
부르면 쳐다보거나 따라오는 거 아닌가 지금은
제 어미 쪽을 바라보는 저놈

잠시 고여 있는 시간에 삶 그림을 그리는 지금 막
어느 나라 어느 바다 수평선에 달이 떠오르고 있다
달 속에도 호박꽃이 있다 강아지 해피도

국화가 피기 전에

구름이
북으로 밀려가는 날이다
약속대로 코스모스가 펴 나불대는 날이다

더운 여름을 태풍과 폭우가
무찌른 거다

다시 저녁 뜨락에 나아가 풀벌레 울음을 듣는다
잘 접힌 깃발을 다시 꺼내야지
내일의 새 항로 선두에 나부낄 깃발을

산다는 건
마음을 수숫대처럼 일으켜 세우는 것

어느 사찰 처마의 풍경 하나
푸른 바다 염원해 춤을 추고 있겠지
열 번 백 번 다시 흔들리겠지

국화가 피기 전에
우린 갈 곳이 있겠지

저 공중의 물고기처럼

자연인 비자연인

요즘 자연인들은 TV 속에 삽니다
TV 통해서 가끔 자연인을 볼 수 있습니다
자연스럽게 태어났어도
비자연인이 산비알 숲속을 헤쳐 가서
산물 마시고 산나물 뜯어먹고 사는 산사람을 만
납니다
저들이 하룻밤 함께 지내는 걸 보는 게 재미납
니다

산으로 들어간 사람들은 세상 싫어진 이유를
애기하고 찾아간 이는 고개끄덕이며 연민을 느
낍니다
자연인은 모두 지금 산이 행복하다고 합니다
행복은 사람과 멀리 해야 온다는 그거겠지요
첫 밤 지나 자연인과 배낭 멘 비자연인은 헤어져
자기자리로 가고

같은 채널 다음 프로는 UFC 경기입니다
자연인처럼 피부 검은 선수와
비자연인처럼 하얀 백인의 결투
누가 이길지 바짝 관심이 갑니다

2부.

늘어진 저녁

산수 傘壽*

작년까지도 나는 남의 시집을 받으면
대충 훑었다

두어 달 전부터 받은 시집을 자세히 읽는다

가난한 사람이 살기 위해
죽어라 노동하는 것처럼
열심히 써서 시집을 내는 이들이 측은하다

한 자 한 자 한 문장 한 연
무얼 쓸까 고심한 모습 환하다

가까이 가서 내 마음에
그의 속마음을 부벼 보고 싶다

꽃도 강물도
함께 바라보고 싶다

너희들도 다 밟고 지나갈
산수

---

* 산(傘)자의 팔(八)과 십(十)을 팔십(八十)으로 간주(看做)
하여 80세를 일컬음.

한 사람만 있어도

금요일 웃으며 농담하던 세 살 아래 그 친구
평소 내게 호형하며 사이 없이 잘 지낸
속살 같은 그 친구

토욜 교통사고로 영 못 보게 됐다
점심 땐 70여 사원 중 그와 내가 마주하며
밥을 먹었고

고향에 가서 산약 캐어다 날 주며
먹 는법과 효능도 알려 줬다

나는 낚시터에서 그가 좋아하는 붕어 낚아
부르면 와서 가져갔다

그가 앉았던 밥상 앞에
다른 이가 앉아 밥을 먹는다

사람 하나 떠나보내는 게 무엇인지
그가 가르쳐 준다

며칠 지나면 괜찮아질까

이제 생각하니
그 하나로 족하고 산 거 아닌가 싶게
허전하다

차들

용궁탕 앞 네거리 코너
측백나무 화분이 있고

바로 앞에 37러 7005 흰색 승용차가 서 있다
그 차 꽁무니에는 9인승 승합차가
그 뒤에는 오래된 갤로퍼가 뒷등에
타이어를 매달고 서 있다

길 건너 안경집 앞에는 검은색 SM6가 서 있고
도서관 쪽에서도 반대쪽에서도
차들은 늦은 밤 불빛 내뿜으며 오고 간다

차들은 고향이 없다
차들은 저희들끼리 스치며
인사를 하는지 모르겠다

차들은 외로운지 모르겠다
차들은 노상 뛰어 다니지만

스스로 움직이는 것도 그렇지 않은 것도
정말 아무것도 아닌 것 같다

벤치에 앉아 있는 내 어깨에 어둠만 내리는데
어떤 차의 빠—앙 하는 클랙슨 소리 들린다

삼월 이십팔일

'꽃 피는 소리가 들리지 않니'

전 안 들려요
난 들려

요즘
내 영혼이 꽃의 나라에
한참 살고 있었다

업무 한 가운데서도
꽃 마중 갈 생각

심한 일교차 때문에
낮엔 잠시 선풍기 틀고

저녁엔 두꺼운 점퍼를 입고

퇴근길 벚꽃 길 지나며
내일은 피겠다 한 게 이틀째

이 새벽엔 꽃피는 소리
새벽하늘 열리는 소리

근황

용궁탕 옆에 나무벤치를 놓고
누가 확성기 설치해 놨다
이런저런 음악 나오고 뉴스도 나오고

나무 의자에 앉으면 아주 고요한 밤을
만질 수 있다

길가의 측백나무 커다란 화분 바라보는데
그는 요즘 참 힘들어 보인다
겨우내 눈도 안 오고 비도 안 오고
사람들은 사람들대로 스쳐지나가 버리니까

나는 시를 쓰거나 음악을 듣거나
어떤 친구를 생각하거나 하다
음료수 한 캔 뚝 따 마시고 추운 채 집으로 온다

홀로된 개 한 마리
저만치 걸어가는 뒷모습 바라보며

반달촌 식당 앞 천사의 나팔꽃
주렁주렁 매달린 걸 보며

갓길에 서서

갓길에 서보니 진정한 갓길이 보인다
잠시의 안식이 보인다
정신없이 스치고 스치는

불안의 메신저들을 떨치고
오래된 나의
딕셔너리(dictionary)를 꺼내 볼 수 있다

갓길에 서면 느긋하게
내 속 우물에 고이는
맑은 물 길어 올릴 수 있다

먼 지난 날
누군가의
외침을 들을 수 있다

손바닥만 한 행복도
들여다 볼 수 있다

왜 살고 있는지 몰라
문득 뒷산 올랐을 때처럼

그대가 나를 부르는 소리도 들린다

어떤 겨울날

그냥 좋아서 서 있는 거 같았다

내가 바라보기 좋아서 바라보듯 그들은
지루하지 않게 살고 있는 것 같았다

눈 내리면 외로운 빛 털어내던 나무들

무심한 저녁녘 바람이 지나가면 홀로
잘 살아가다 늦바람 난 홀아비 선생님처럼
설레던 나무들

그래도 오래 함께 살아온 그림자가
곁에 살고 나도 멀리서 바라보고 있어
좋은 건지

기다리는 봄은 아직 오지 않고 있지만
목도리를 여미며 함께 있다

기러기 무리 높이 날아가는 하늘

올려다 보이는
높다란 우리 동네

햇살로 바람벽 환한
교회가 있는 동산에서

늘어진 저녁

숫잠자리가
암놈 쫓아다니다가
혼자 그늘 속을 날고 있는 골목

철 지난 점퍼를 입은 할아버지가
자전거를 끌고 간다
개똥 모자가 삐뚤다

사고 차량 견인한 기사가
편의점에서 담배와 음료수를 들고 나오고

화정식당에서 입을 휴지로 훔치며 나오는
손님 두엇은 택시 부르느라 다른 한 손을 쳐든다
미장원 앞에 내놓은 화분에
천사의 나팔꽃이 주렁주렁 매달려 핀 걸 보는데

용궁탕 앞 측백나무 휘익
돌연한 바람이다

늦은 밤쯤에
비가 올 듯하다

가을·2

여스님이 피부과엔 웰까
할 때

마악 진찰실 나오며 밀짚모자 쓴
까까머리가 가을같이 빛났어

정갈한 잿빛가사도
살며시 옮겨가는 걸음도 그랬어

꽃 열매 다 보낸 이과수 가지 끝
초승달 같은 고희쯤의 민낯에

걸어오는 복도까지 밝았어

문 닫고 나간 후
간 곳은 어딜까
어디쯤 가고 있을까

잘 익은 햇살 밟고 갔을
그 흰 고무신

사월

방서교 아래 갈 숲길을
어떤 사내 하나 걸어오고 늘어선 벚꽃은 지고
밥풀때기 같은 조팝꽃이 피었다

카라디오 하프시코드 소리에
일찍 핀 냉이 꽃들이
살랑거렸다

K방송 7시
오프닝 멘트 들리는데

아픈 날은
창밖 꽃들이 더 붉더라던
암으로 죽은 누나

슬픈 날은
비가 오더라던 사람들이

내려놓고 떠나간

아픔이
슬픔이

조용히
공동묘지의 잔디로 자라고 있는데

국보제약 골목

쥐약 만들던 공장이 있던 국보제약 골목
청주 택시 기사들이 다 아는 골목

충렬탑 옆 야산을 타고 앉은 쌍용아파트서
큰길로 나가면
십여 년 전 타계한 전설 국보제약 안 사장
창업 얘기가 쓰여진 입간판이 서 있다

난 80년 초 매입한 이 집에서 40여 년 산 셈이다

이사 오자 바로 길가 하수도가 복개되고
교통량은 배로 배로 늘고
초등 3년이던 아이가 낳은 손자가 올해 대학을
졸업했다
저 간판 앞 20년 된 느티나무도 짙은 그늘 내리고
긴 나무의자 두 개,
여기서 쉬며 시 써서 몇 권의 시집을 냈다

이제 동네가 재개발 되어 떠날 날 기다리는 잔
여 가구들

내 이력의 긴 토막이 툭 떨어져 나가는 저녁

국보 이름은 또 누구 기억 밖으로 가물거리며
저 별 너머로 가는 중

지루한 가뭄 끝에 비가 내려
동네가 젖고 있다

장례식장에서

민들레가 수 없이 날아간 4월 저녁에
영정 한번 우러르고 절 두 번 했다
오랜 고난과 견딤의 87년
향불 넘어 그윽하신 시선으로
고인께서 바라보시는 곳 이 세상
경건하게 서늘하게 저녁이 잘 펴지고 있다

오래 못 보던 이들도 덤으로 조우하는 밤
어떤 이는 검은 예복이 단정하고
혹은 웃으며 서로 바라보는
눈 아래가 자작자작한 인형의 가슴들
제가끔 지니고 사는 미래를 속으로 짚어 보고 있
을까

남아 있는 우리 사랑하자 꽃 피우자
뛰어다니는 어린 손자들은 씩씩하다

들녘 못자리판 주변에서
낮에 떠난 민들레는 어디쯤 갔을까

검은 상복이 서빙해준 국이 유난히 맛있고
쩝쩝 후루룩 살아있는 내 시장기
밥 한 그릇 뚝딱에 두 개나 딴 사이다 캔
사는 건 정말 무언지

밖으로 나오니 더 멀어진 듯 한 은하수 하늘 아래
저 푸름이 밀어 올리는 나날들
바람이 어둠 속에서 시원해지는데

복사꽃 몰래 지고 있는 걸 누가 알까

루즈 색깔처럼

늘 보는 꽃들의 색깔을 요즘 자세히 보게 됐습
니다
얼핏 보기에 붉은 꽃잎도 색이 다 한 가지 아니고
조금씩 다르다는 겁니다
핑크 색이 48가지인데 그보다 더 많다는 거
오래전에 본 게 생각납니다

붉은 색도 수십 가지라는 얘기지요
사람도 얼굴이 조금씩 다르고
마음도 각각 다르지요
자기 뜻인 듯 존재감 어쩌고 말하지만
이건 만든 주체의 마음일 듯해요
짙으거나 옅거나 그 나름 붉음이 예쁜 꽃의 색깔
늘 부족한 나의 모양조차 그래서 고귀한 거 아
닐까 싶어요
저보다 힘세고 큰 들소를 악착같이 잡아먹는 호
랑이
밉기는 하지만 그들 마음대로가 아니고
만든 이 마음이지요

봉숭아 색깔과 장미 색깔 그 다른 붉음 보면서
아는 거 한 가지 느는 게 참 즐겁습니다만

　늘 부족한 나
　어찌하면 좋게 달라질까
　어떤 여자의 루즈 색깔처럼 딱 맞게는 아니라
해도

사직동 두산위브더제니스

　여러 개 못들을 마루에 총총 세우고 그 가운데 드라이버를 세운 게 청주서 젤 높은 두산위브더제니스 찬란한 외국어 아파트다 어느 날 저녁 때 대교에서 만난 꼬부랑 할머니 머리에 이고 등에 지고 손에 들고 아들네 집을 찾는데 그냥 '청주서 젤 높은' 이라 해서 그쪽으로 가시라고 한적 있다 높은 집에 사는 자식 오시는 날짜 미리 알아서 진작 자가용으로 모시잖고, 나는 속으로 중얼 거리며 할머니 등 뒤쪽 한참 서서 바라보던 게 무슨 뜻인지 알고 싶지도 않아서 모르는 두산 위브더제니스다 내 집에서 200여 미터라 저놈이 우리 집 쪽으로 쓰러지기나 하면 우리 집은 작살 일 수도 있지 않으냐고 겁낸 게 지금은 닳고 닳아서 쓰러지지도 않고 작살도 나지는 않고 있다 알고 보니 돈 좀 있는 연금 생활자 K시인도 H시인도 거기 산다고 했다 그렇든 저렇든 나랑 아무 상관없는 저 아파트가 문만 열고 나가면 내 머리 꼭대기를 직신직신 건드리는지 알 수 없고 차타고 청주를 마악 벗어 나 수름재 고개나 고은 삼거리쯤에서 비로소

저놈과 사이가 훨훨 벗어났구나 하는 씨잘때기 없
는 생각까지 해야 하는지 저거 서기 전 그 자리에
는 옮겨간 시외버스 터미널이 있었고 터미널 전에
는 제헌국회의원 문헌 이도영 씨가 운영하던 남한
제사공장이 넓은 뽕밭을 끼고 있었다 그럼 저 아
파트 다음에는 언제 무엇이 올까 나보다는 저놈이
더 오래 살 걸 생각하니 그 또한 속이 이상해지는
건 무얼까 툭 불거진 저 놈은 마냥 서 있고 아무
말도 없는데

그늘 · 2

오후 여섯시 반에
교집합처럼 오는 구름이 있다
언제부터 인내해 왔는지 모르는
숨어 살아온 갈증 때문
내가 어떻게 달라져도 너는 너였고
너는 너이기 때문에 우린 우리이듯
빗나가는 화살들이었다
이 계절 가을바람에
미루나무 잎처럼 나풀거리는
때론 거짓을 가장한 분노
수습되지 않는 일상의 끝에서
서성거리던 것들이
다시
이렇게 서늘한 그늘을 내린다
나를 멍하게 하는
매일 오는 저녁이 그럴수록
없다 가도 너는 더 파란 달개비꽃 물빛으로
솟아오르는 꽃잎
아침이면 다시 돌아와 평행선으로 출발하는

우린 영원할 수도 있는 물고기
언제나 함께 하여도 언제나 목마른 저녁
그러한 그림자 너의 서늘함

해바라기 따라 하기

저녁 여섯 시 반 나는 퇴근해서 집에 온다
우리 집 화단 해바라기도 여섯 시 반
해 따라 돌다가 제자리에 온다

해를 따라 출근 해 해를 따라 일하며 그렇게 그렇게
돌다가 나는 가끔 외롭고 슬프다

그때마다 해바라기처럼 목을 늘여
도니제티의 사랑의 묘약 중 '남몰래 흘리는 눈물'을
목청껏 부른다

시 친구와 전화도 하고
샤워실로 가서 소나기 맞는 해바라기처럼
샤워를 한다

해바라기가 큰 입을 벌리고 웃는 걸 바라보던
기억을 되살려 크게 웃어보려고도 하는데
그건 왜 그런지 안 된다

사진 찍으면 늘 눈 꼬리가 아래로
처진 채 빈센트 반 고흐의 표정이 된다

늘 배가 고팠을 고흐 생각이나 하면서
그렇게 살아온 나다

적게 먹고 적게 쓰면서 돈을 저축해
지금은 우리 집에 살고 내 목욕탕에서
샤워를 한다

그래서 수백 개 이빨을 드러내
껄껄 웃고 서 있는 해바라기가 나는 보기 좋다

해바라기도 나를 따라 사는지
알 수는 없지만

섣부른 진화

　늙으신 외할머니께서는 닭을 삶는 법밖에 모르시니 당연히 김이 무럭무럭 올라오는 가마솥에서 닭을 꺼내시는데 그 영화의 어린 출연자는 튀김닭밖에 몰라 그 성심으로 삶아진 맛있는 걸 지랄스럽게, 싸가지 없게 거부했다 맛의 진화가 이런 일을 저지를 줄이야 누가 알았겠는가 멋진 백미러도 떼 내고 잘 구부려져 내 앞으로 향해서 악수하듯 편히 잡을 수 있던 핸들 손잡이는 한일자로 쑥 좌우로 빼놔서 허리를 납작 구부리고 불편하게 어깨를 치켜세워야 타는 자전거

　받침대조차 떼 내서 그냥 벽에 기대거나 땅바닥에 내동댕이치듯 깔아 놓는 식이고 엉덩이 얹을 안장은 손바닥만 하게 줄인 걸 개 혓바닥처럼 걸쳐놔서 엉덩이를 찌를 판인데 그걸 신식이라고 하니 노인들은 절대 오랜 습관에 맞지 않고 애들은 옛것 자체를 무식하게 촌스러워한다 자전거 공장 연구원들은 오로지 변화의 흥미만을 미끼로 던지는가보다 그건 돼먹지 못한 진보사상 아닐까 시간이

가면 통닭과 자전거는 또 어떻게 진화될 작전일까
삶은 닭을 맛있게 조선간장에 찍으며 젊은이나 늙
은이나 나중에는 저 닭처럼 눈을 감을 일을 떠올
렸다

이틀

카터기 아래 팔레트 깔아주는 강기석씨의
30대 둘째 아들이 목매 자살했다는 거다

공장사람 누구도 그의 자살 이유는 모른다고 했다

큰 아들도 2년 전 같은 방법으로 죽고
이제 자식은 없다는 거다

기석 씨는 이틀 후 출근했고
큰 아들 적에도 이틀 만에 출근했었다

소식 전하는 지게차 오 기사는
나를 쳐다보고 카타기 쪽 눈짓으로 가리키며
쫙 핀 손바닥으로 목 베는 시늉을 했다

이틀 만에 나온 기석 씨가
스위치를 넣자 기계는 우르르
변함없이 돌아갔다

달력

시간이 언제 시작된 건지 모르는
나는 오늘 날짜만 보기로 한다

언젠가 날짜 위에 쓰러질 나의 날짜를
또한 모름으로 해가 바뀌었다 할 때
새 달력을 벽에 건다

종일 논갈이를 하다가
집에 돌아온 트랙터 그는
말을 할 줄 모른다

달력 속의 숫자들이
달력을 모르듯이

무언지 피곤을 짊어진 듯한
그가 잠을 깨워 날짜를 알린다

나는 곶감처럼 날짜를 떼어 먹으며
가끔은 내 사후의 날짜를 찾듯
달력을 뜯어낸다

벽

벽은 늘 우울하다
먼 객지에서 돌아와
벽 아래 누우면 더 그렇다

침묵을 삶아 먹은
깊은 속내
벽을 등지고 누우면
벽은 내 등이 측은한지
픽 안 된 눈으로 들여다본다

나는 그런 벽의 다반사에
스르르 눈이나 감고
먼 과거를 떠올리는데

벽은 밤새워
벽으로 살고 있으니

3부.

귤은 나를 먹지 않는다

바다·2

바다에 가기로 한 전날 저녁
어두운 골목길에서
난 몰래 서성거렸어

합승한 친구들은
마냥 즐거워했고
따라 웃으면서도
난 가슴이 두근거렸어

바다에 도착해서
수평선이 내 눈높이에
턱 떠오를 때

난 세상에서 가장 무서운
아름다움과 만났어

끝없이 출렁이는 몸짓은 침묵의 언어였어

오랜 날 이미 내 몸속에 들어와 사는
그 장엄한 말씀

투바 공화국

눈 밟고 걸어가는 예니세이강
얼음 구멍에
낚시 드리워 물고기 낚는
노인이 있다

유목민들의 나라
밤을 덮는 어둠은 진실하고
자작나무 숲 아침 햇살은
성자의 말씀 같다

몽골인 비슷한 깃 넓은 옷에
오래된 민속 현악기를
연주하는 늙은 악사
널따란 얼굴에
밭이랑 같은 주름살이 하회탈이고

허리 잔뜩 동여맨 뚱뚱이 아줌마가
삽으로 소똥을 퍼 모으는 목장에선
마른 소똥 불 지펴
치즈를 만든다

늘대가 나타난다
어린 양을 잡아 달아난다

사냥꾼의 총소리가 들리는
머나먼 초원

신록 · 4

십년 만에 외가를 다녀왔다

강물에 푸른 산 빛이 들면
물고기가 산란을 시작한다 시던

외할아버지 묘가 있는 산
강물에 드리웠다

종일 뻐꾸기가 울더니
밤엔 초여름 비가 내려서

어제 떨어진 함박꽃잎들
곤히 눕는다

오월엔 침묵도 따스하다

어떤 아침

먼 소백산 철쭉 보러 가려고 김밥 챙기는 아침
대엽풍란 한 포기 청자 항아리 위에 꽃을 피웠다
편안한 구름은 어디쯤 오는가
백지의 가슴 열고 미풍을 맞고 싶어라

악산惡山 휘돌아 오면 다르게 펼쳐져 오는 순수
의 초원에서
배따라기*의 과거 밀어내며 접는 하얀 손수건과
무심히 스치는 저 풍란의 얼굴

겨울은 겨울대로 그 추위와 슬픔이
오히려 당연했던 산하가 보인다

버스가 이미 와 있고 동행자들의 손짓이 보이는
문 밖 저쪽
다급해지는 마음 누르며 떼놓는 발길에
일어서는 늦은 사월 아침 바람

---

* 김동인 소설 제목

겨울이 지나가는데

봄이 오는 돌담 위에 새들이 앉아 있었다
어젯밤 그들 중 한 마리쯤 죽었을 것이다
몇은 그 동료의 죽음을 기억하고 있을지 모른다
아니, 지금 그 얘기를 재잘대고 있는지도 모른다

'그 약국 어린 아들이 코로나로 죽었다네 가엾어라'

교회 차를 기다리는 춥지 않은 벤치에서
여자들 담화
재잘 재잘 재잘
신선한 봄새들의 소리로 듣는다

어떤 이들은 전혀 관심 없다는 듯 지나치며
생의 바깥을 묵시로 보는 법이다
겨울이
죽음이
자신의 일일 때 더욱 고민일 텐데
물끄러미 바라본 이들이 그들이다

마치 새들이 한 새의 죽음 같은 걸 망각하듯
뽀얗게 들뜨는 봄은 오고 있다니

머플러 같은 손짓
며칠 전 나는 싱싱한 봄동과 시금치와 상추의
채식 주의자가 될 것을 생각했었다

여름을 향해 푸른 돛을 단
봄 바다의 작은 배처럼

귤은 나를 먹지 않는다

3월 9일 아침에 바람이 분다
창문 조금 열어 놓으면
나 없는 동안
식탁 위 귤 껍질은
잘 마를 것이다

회사에서 돌아오는 저녁
7시 45분까지
난 귤을 먹지 않을 것이고
귤도 나를 먹지 않을 것이다
퇴근 후 씨가 없는 열매 통통한 과육의
미련이 비너스의 육신처럼 빛날 때
비로소 나는 귤을 먹을 수 있다

귤이 영원이 나를 먹지 않듯이
한 농부가 과수원을 돌보며 살아가듯이

나는 귤껍질을 모은다 그것도 차로 끓여
맛있게 먹는다

별들이 나뭇잎에 이별의 말을 적실 때
기도처럼 먹는 두 개의 노란 귤이
나를 저 세상 바다에 귤처럼 둥둥 띄울 것이다

또한 모든 밤들은
노란 꿈 조각들이 내 어깨쯤 얹히고
귤은 잘 참아 내며
귤로 살아가고

나무들의 흐름

몹시 추운 날 나는 나무들에게 간다
오직 별들만 잔가지 끝에 달려 있고
눈에 덮인 발등
그 추위를 누가 알길 바라지 않는다
지금은 나이테가 여러 겹 쌓여 버려
겨울이란 걸 누구에게도 말하기 싫다
옆의 어린 것들에 안타까이 눈길을 주고
가난 때문에 더운물 끓여 세수하던 가족의
김 오르는 부엌이 생각난다
늘 분주해 절망을 모르고 살았던 그때처럼
나무들은 아무도 거들떠보지 않는 세상을
저 나름대로 사는 거다
한두 명 시인들만이
혹 여자 시인이 차가운
둥치 안아 보고 뺨을 대보고 고개를 젖혀
잔가지 사이로 가물가물한 별을 봐주는 것이다
어느 날은 차디찬 비에 젖고 가지 끝 정으로
계절을 쪼아 봄바람을 낚는다
저린 인내 후의 따스함은 무얼까

전신에 더운 피가 돌고 근질근질 숲마다
느끼한 봄이 출렁이는 것이다
옷을 벗고 바다로 달려가는 아이들처럼
와글와글 꽃은 피고 잎은 피고
봄, 여름 하나의 신화가 이룩되는 것이다 그러나
그것이 슬프거나 얼마나 쓸쓸한 것인가를
늙은 느티나무나 팽나무들은 안다
갓난 증손자의 머리를 쓰다듬으며 속으로
탄생을 안쓰러워하는 노인들처럼

흙이라 생각하니

지경 모친
십여 년 요양원 계시더니
돌아가셨다고 페북에 써 났다

계좌 번호 물으니
부의도 사양했다

그 긴 시간 모녀는 얼마나 고생 했을까

장례 잘 모셨냐는 물음에
수목장 했다며 나무 두 그루 서 있는 사진
톡으로 보냈다

저 나무 아래 흙 한 줌이라
이젠 아프진 않지

그리 생각하니 먼 훗날 흙인 나
교통사고 후 목 아프던 게 안 아프다

흙이라 생각하니 그렇다

금단의 아침

누군가 아침에 취기로 비틀대는 놈은
사냥꾼이 놓은 술지게미 덫을
홀찌럭거린 멧돼지인가 그 거친
입가에 묻은 구접스런 찌꺼기들과 눈곱 긴 눈
아파트 공원벤치 새벽에 가면 아직도 누워
쿨룩이는 자여 나도 오래전엔 그랬다
그건 죄가 아닌 죄다

고객과 밤새 마시고 오다 쓰러진
한 영업사원의 고달픈 다큐멘터리다
그렇게 늙은 나는 안 단다
금단의 새벽 금단의 아침을 어찌할 것인가
일어나라 숲의 안개처럼 허용된
두어 시간의 외출을 딛고 술을 깨워라
내일부턴 달려가서 약수터의 단골손님으로
도장을 찍어야지
널따란 개암나무 잎 이슬이 걷히기 전에
네가 아침을 사랑하면
바다가 편안히 해를 떠올릴 것이다

널따란 흰 옥양목 같은 아침 아닌가

짚돌막

　고향집 마당가에 주저앉아 있는 대충 사각형 크다란 돌덩이
　통정공 고조부께서 말을 탈 때 쓰던 노둣돌이란다
　아마 몇 명의 집종들을 시켜 어디선가 목두로 운반해 왔을 듯하다
　의관을 정재 하시고
　거기 오르셔서 쉽게 말 등에 가랑이 얹던
　고조부 상자 계자 할아버지를 떠올려본다
　내가 고딩 진학을 돈 때문에 못하고 짚 가마니 짤 때
　거기다 짚을 곰배로 패서 부드럽게 했다

　손바닥에 피가 나도록
　새끼를 꼬고 가마니를 짜서
　내다 팔아 보리쌀 사다 끼니를 에웠다
　그렇게 가난 고개를 빡빡 기어서 넘었다
　그런데 짚돌막 짚돌막 부르던 그 커다랗고 넓적한 바위에 고추 몇 개 널어놓고
　어느 가을날 병중이던 할머니가 편안히 운명하시고

통정공과 우리 자손들이 모두 모여 경건히 장례
를 치렀다
천사만사허사(千事萬事虛事)
라는 한문으로 쓴 만장이 상여 뒤를 따라갔다
고향에 가면 짚돌막은 아무 말 없이 지금도 꼼
짝 않고 제자릴 지킨다

그 슬프고 지루했을 세상을 어찌 저리
눈물 한 방울 없이 살아낼까
이제 난 정말 저 짚돌막 때문에 울지 않고는 못
살 것 같다

꽃에게로

매화 피기 한 달 전부터
나는 매화꽃 살고 있는 코스로 출근하지

청주시 상당구 가덕면 상대리
아직은 얼음 밑으로
냇물 소린 맑고 맑지

길가에 차 세우고
가지 끝 꽃망울 자세히 보는데

아직도 멀었네
언제쯤 필까

싸늘한 날씨 헤치고 내게로 오는
날 보러 오는
꽃 마음 나는 알지

내 사랑도 필 날 있을까
80세에 그 무슨 소리

아녀 아녀 모르는 거여
모르기 때문에 사는 거지

갈비 구워 먹고 출근을 해도
사랑 없으면 덧없지

이 봄 매화는 내 연인
손시런 방천둑 아침 일곱 시 반
하얀 낮달 하나 떠 있고

새벽에

어제는 일이 많았어요 피곤이 바다처럼 가득해서
11시 잠깨어 쓰는 시를 새벽으로 미뤘어요
지금 약속의 큰 바위에 기대어 그를 만나고 있
습니다
날마다 뭔 일 있어도 한 편씩 쓰기로 했으니까요
손자가 어렸을 땐 그 애가 보고파 퇴근하고 부
지런히 집으로 왔듯

이제는 그리운 시 앞에 마주 앉아있지요
무엇인가 주고 싶은데 줄 걸 찾느라 두리번거립
니다

어제부터 여름 날씨가 조금 서늘해졌듯
젊은 시절의 나는 떠나가고 서늘하게 시에게 말
을 겁니다
태풍이 지나가고 무심천 황톳물 범람하던 폭우
가 지나가고
세상의 바람과 물이 맑아지는 새벽입니다

언제까지일까요 내가 이 옆에 앉아 애기 하며 사는 거

주는 것 없이 함께 있어도 늘 미소로 대하는 자꾸 미안한 친구

큰 나무 같은

테마기행

쎈트로렌스강이 바다와 만나는 지점에
고래가 많다 쉽게 고래의 유영을 볼 수 있다

관광선 탄 애들도 어른도 고래가 허물없이 반갑다
얼굴이 무처럼 긴 50대 혼자 온 아줌마도
고래를 보고 신기해 한다

바다는 넓어서 큰 배가 마음대로 간다
천천히 천천히 달이 하늘을 가듯

넓은 세계에 모인 이들 넓게 웃고 떠든다
삶의 고난 바다에 던진다
바다를 가슴에 안는다
바다도 새파랗게 웃는다

30톤 거구의 고래가 물 위로 등을 보인다
검은 등이 매끄럽고 따스하다

커다란 제비꼬리가 휘익 물 위로 부채질을 할 때

관광선이 그쪽으로 밀려갈 때

와와 환호하는 어떤 아이
해는 평화를 비추고 있다

자꾸 가을이 오는 듯

살면서 난 햇볕을 다스리는 게 일상이지
물론 햇빛도 날 다스리는 거고
그 속에 전설이 있고 그 속에 잘 익어 붉은
수박 속 같은 삶이 있기도 한 거고
바람이 가져오는 편지도 읽지

비가 내리면 그칠 땔 기다려
몇 편의 수필도 쓰고 소설도 쓰고 시집도 내지
어떤 때 너는 꼭 올 것이라는 푸른 깃발도 흔들
어 보지
이렇게 내가 공상하는 동안 너는 뭘 하고 있을까
아니야 아니야 혹시 상처가 될지 모르니
그 말은 취소하자

사랑해 사랑해 골짜기 물처럼 흐를 게
그립던 네가 스쳐 지나가면 나의 계절은
노랗게 빛난다고 배웠어

그래서 이제는
시간의 꼬투리를 꼭 잡고 긴 어둠을 위해 사는 법도
배우고 싶어

망어 亡魚

어항 속 들여다보던 아내가
'어머 죽었네'
피라미보다 작은 열대어
멈춘 그의 몸부림이었다

살아서 먹이 쫓던 유연하던 몸짓
스마트폰에 담겨있고

동산 나무들처럼
무심천 냇물처럼
죄 없이
잠시 흔들리던 生
순종하듯
그림자로 떠났다

별이든 달이든 돌이든
죽은 것은 더 죽지 않고 살아간다면

산 것은 다만 아픔 하나 더한 것인가

창문

깊은 겨울 밤
창 앞 마루 건드리는 소리
불 꺼진 방에서 창호유리를 통해
도둑과 마주쳤다

그는 나를 못보고
뜰아래 닭장으로 들어가
닭을 훔친다

도둑이야 소리에
닭을 든 채 앞 논으로 뛴 그

그가 누군지 다 알았을
시골집 창문의 영원한 침묵을
수십 년 후 지금 읽는다

무수로 피고 진 것들
지나간 바람 눈 감고 읽어 낸
엷은 가슴

창문은 또한 나를 통해
세상을 보고 있다
몹시 야위고 빛바랜
내 눈가의 날들을

가난 때문에
잠시 마음 절룩였던
그 도둑의 생애를

전화

어차피 한자어인 전화라는
말의 느낌은 언뜻 말이
잘못 전해져서 화를 당했다는
얘기로 들리곤 한다

얼떨결에 화상전화가 켜지면
나는 기겁을 하고 그걸 지운다

그러면 상대방은
왜 그러느냐 더욱 놀란다

아니라고 아니라고
잘못 눌렀다고 둘러대기 바쁘다

말 할 때는 참 바쁘다
적당한 말을 술술술 집어 넣어가며
웃기도 하고 안타까워하기도 하고

다급한 현장에서 무엇보다
서로 오해 없도록 해야 하니까

그래도 재미있다
전화는 뭔가 개코같은 세상의
말 찌꺼기를 둘둘 뭉쳐
내보내는 블랙홀 같다

커튼

아파트 4층에 사는 그녀는
100m 밖 신호대기에 걸려

늘어선 차들의 열린 창문을
의식하지 못 한 채
늘 나체로 거리낌 없이 산다

마치 서로의 의무적 시야와 거리
또는 고의가 아니고
서로 모른 체 한다는
무엇에 의존하여
야한 누드쇼 좀 즐기라는 듯

그 실루엣은 봤다 하더라도
누구인지 모르니
얼마나 좋으냐는 듯

보여 주고 보는 시선의 사이에
얇은 커튼이 춤추듯
살랑거린다는 거다

해피해피 하면서
때론 애인과 더불어
밀도 짙은 최고 커튼쇼까지
보여주는 것이다

희멀건 한낮 뱀 껍질 같은
그것이 무슨 소용이냐는
소용을

나의 모자

내 단골 이발사 H는 나랑 함께
지역 통장 일을 본 친구다
형님 머리는
지가 이발한 사람 중 최고로 철사에요

청년시절 멋을 탐한 헤어스타일 때문에
이발사들은 진땀을 뺐다
벌겋게 달아오른
고데기로 머리를 꺾었으니
형님의 성격은 대꼬챙이같아요
이 머리칼처럼

나도 내 머리에 지쳐 모자를 상용한다
나의 서재에는 여러 개 모자가
전시 되어있다
내 머리에 얹혀
56년 한 업계를 전전한

고집불통의 빳빳한 머리를 덮은
모자들이다

아직 현직에 있으니

퇴직을 하면 시인들이 쓰는 베레모 하나
사보고 싶다

어떻게 쓸까

어떻게 죽을까
어떻게 살까
어떻게 말할까
대추나무 가지여 그래서 넌
가시로 사는 거니
하늘을 찌르는 저 날카로운
가시 가시 가시
살고 싶어라 너처럼
커다란 개구리처럼 못생긴 모과처럼
집채만 한 바위처럼
제발 아무런 뜻 없이 살고 싶어라
소나기처럼 쏟아지고 싶어라
쏴아쏴아 겨울 참나무처럼
태풍처럼 공중을 날으는 새들의 갈라터진
발가락처럼 살고 싶어라
새하얀 죽음이 보일 때까지 살고 싶어라

어떻게 살아
어떻게 어떻게
저 겁먹은 눈 좀 봐

그대들은 어떻게 가 너무 많다고
또 비웃겠지만
싱겁게 키만 큰
나는 어찌사냐구

4부.

가슴속에 숭어 떼가

정방사

청풍호를 나룻배로 건너
정방사로 향했다

그쪽은 가파른 비탈길
심장 조금씩 푸르게 하는
창창한 새잎들의 그늘

초록의 엷음이 참 진실했다

어디선가 무반주 첼로 곡
트로메라이가 들리는 듯했다

절벽 위에 서서 저 험한 겨울 보내고
다시 온 푸른 세상을 향해
신의 경전을 듣는 암자

뜨락은 온통 철쭉이고
한나절이 꽃나라였다

마루 위에 백구 한 마리
졸고 있었다

화엄에 든 듯

소수서원에서

기둥도 편액도 문고리도
고요히 사위어 가는 장서각 뜰
조팝 한 그루 하얗게 폈다

검은 기와 얹힌 담 너머
냇가 정자 한 채 적막하다

학당엔
흰 두루막에 연초록 술띠 맨
백발 유생 여나뭇

아직도 무슨 강론에 골몰
그 잔류함이
새벽녘 별무리 같다

벽에 걸린 어떤 스승의
초상을 그리러

험한 소롯길을 걸어왔을

늙은 화공 생각하며
산문 밖으로 나서는데

머언 시간과 이별을 노래하듯
가랑가랑 비가 내리고

빗물 젖은 노송 숲
안개가 자욱했다

가을 비

애호박 잡아왔다 김서방네 방천둑
막대기로 이리저리 헤쳐 비에 젖은
호박잎 아래 묘하게 숨은 놈 데려왔다

학교 운동장서 뜬금없이 날아와 숨은
야구공 보다 조금 더 큰 놈

봐라 호박도 애들은 다 이쁘잖느냐
앞강 섶다리에 얹힌 보름달 같구나

수돗물에 뽀드득 멱 감겨
가로 썰고 세로 썰자

물큰한 밀가루 반죽에
사르르 앉혀진 호박채
버무려 휘휘 젓는

초가을 빗방울들
맑던 하늘 조개구름 새털구름들

국자로 뚝 떠다가
프라이팬에 뉘여 죽죽 누르자

들기름 타는 냄새 대문 밖으로 나가니
김서방 기침소리 곧 들릴꺼다

한참 익혔으면 허튼 잡념 훨훨 털어내듯
훌러덩 뒤 짚어 치지직 치직
다시 지저 달달하게 노릇하게 익히자

요즘 잘 팔리는 세종막걸리는
준비했느냐

땡감 익는 감나무에 잎사귀 탁탁 치는
빗소리도 가끔 쳐다봐라

축복

어제는 진눈깨비가 왔다
차는 한참 미끄럼 길을 달렸다

오후엔 녹아내리는 낙숫물 소리 들리고
봄 쑥 잎에 바람 스치고

산도 바다도 다시 깨어났다

파도가 온다 해도
하루쯤 잔잔하다 해도

나는 이리 살아서
바라볼 수 있으니

어느 고난의 골짜기든
쌓이는 눈은 하얗다

목련

감추고 있던 건
저 하얀색인가

얼음이 녹고 눈이 녹고 쑥 잎이 눈 뜨자

더 참지 못하고 겨울이 내려놓고 간
하얀색

꽃이 핀 날 갑자기 나무줄기는
검어졌다

밤이 되자
사람들 마음이 봄밤처럼 따스해졌다

흰 꽃 매단
목련나무 검은 줄기 같은
봄밤이니

흐르는 시문

내가 미꾸라지로 살든 송사리로 살든
개구리로 살든 냇물로 흘러가든
아무도 돌아보지 않아 좋구나

매일 시를 쓴다, 읽는다 그러면 뭐하냐
퇴근 땐 길바닥에 깔린 노을
주머니에 구겨 넣고 돌아오는데
가문 봄날이구나

그래도 시간은 멈추지 않으니
조만간 장맛비 비슷한 거 한번 쏟아지겠지
오긴 올 거야 지가 안 오고 배기냐
하지만 하늘, 네 맘대로 해

 지금은 저녁 뜰에 앉아 앞집 무속인 깃발을 보
는 것이다
 만날 닫혀 있는 저 집 문
 그녀 얼굴 본 적 없다

무당도 밥을 먹으니 굿을 하겠지
더 알부자란 말도 들었어
비 오고 바람 부는 걸 귀신 같이 아는 건 저 깃발

지금은 오월 저녁, 난 맨발이다

영광교회를 지나며

청주 서원구 충열로 22
언덕 마루에 있던 텐트교회
십여 년 지나 메머드 건축물로 서 있고
주차장 울타리에 지금 개나리 피었다

지나가며 듣는 찬양과
신도들이 타고 온 즐비한 자가용들 쳐다보며
난 십 수 년 한 번도 교회 안에를 들어가 본 적
없지만

내 삶의 골짜기 물소리
배고픈 것 아픈 것 늙는 것
교회의 높다란 십자가는 다 아는 것인가

그래도
되다가 되다가 이제는
떳떳한 죄인이나 돼버렸으니
성경 말씀에 나는 꼬집혀지며 비가 내리고
눈이 내리는 벌판을 그냥 살아간다

어쩌랴

이 봄 저 개나리 노란 말씀에

영광은 전혀 아닌

노란 가슴이 되어 지나가는 거지

오늘은 아주 얇고 흰 구름 하나도

십자가 위를 지나가는데

3월 3일

삼일절 지나고 아직 10도 안팎의 일교차의 어제,
오늘도 그렇다고 했다
8시 현장에 도착, 벗어 두었던 겨울 벙거지를 무
심히 썼다
따스함이 유난했다

신발도 목 없는 노인 털신을 꺼내 신는다 새삼
편안하다
오래전 미리 준비해 놓길 잘했다

며칠 따스하다 봄비가 올까
바램은 잘 이뤄지지 않지만 기적도 있는 법

아무것도 거부하지 않고 서서 사는 숲에서 겨울
은 떠나고
높은 팽나무 끝가지 바람에 닳는데
마을 풀 무덤마다 또 새파란 달개비 꽃을 준비
하는가

애들은 시냇물처럼 학교 쪽으로 가고

가슴속에 숭어 떼가

희끗희끗 흰머리
맑은 안경알 너머 또렷한 검은 눈
내 이름을 부를 때가 아니면
굳게 닫혀있는 붉은 입술
탁자 위에 가지런한
길고 하얀 손가락 보다가
가슴속 숭어 떼가 요동을 친다
한쪽이 텅 빈 희망은 더 희게 바래지고
잔속에 눈물이 보태져
아메리카노가 더 진해진다
사랑한다는 것
사막을 건너간다는 것, 그때는
모래바다 한 가운데 정박하는 우리
눈물밖엔 몰랐다 해도
이제는 모든 나뭇잎들이 햇빛 속에 들고
비는 그친 지 오래
마침내
부정하고 긍정해온 아침과 저녁이 함께
푸른 깃발을 흔들어 댄다

바다에게

바다가 참 먼 여기는 내륙, 바다로 갈 때는
우슬의 무릎 뻐근토록 한계령 넘고
해풍으로 옆구리가 서늘해지는 정오쯤
낙산사 절벽 위에 펭귄처럼 서게 된다
동해 바다!
저 푸른 아우성과
내 탄생 훨씬 전의 인연은
여기서 가려진 부채를 걷어내며 마주친다

소리치는 빛과 소리치는 소리가 뚝뚝 푸르게 만난다
만고의 아픔이 저 넓은
춤추는 무녀의 가슴에서 사그라진다
한 그리움도 또 한 그리움도 철썩철썩
환호를 가라앉혀 가며
오랜 기다림의 뚜껑을 열고
석양까지 붉게 물들일 때까지다

바다와 무슨 애길 해야 하나
날은 저물고 있다 다만 오래 사랑하였고

사랑해서 얻은 것은 영원한 푸름뿐
별이 내 등허리를 여리게 토닥이면
나 어둠이라서 신음하는 해조음을 듣는다

먼 유성이 데려오는 우주의 깊은 노래거나
짝 잃고 배고픈 갈매기 노래거나
가라앉는 억만 광음의 소리이거나
작아진 가슴으로 받는다 받아선 어찌하더라도
동해 수평선이 붉은 사과 하나 꼴깍 넘길 때
여래의 법문을 들으며 두 손 가슴에 고요히 얹는다

코스모스를 기다리며

상대리 무심천 둑길에 이 가을에도
코스모스가 필 것이다
한 달 쯤 남은 시간의 지점에
지금 나는 초조하게 서 있다

해마다 청주시 미화원 아주머니들이
정성껏 가꾼다
희거나 붉거나 분홍이거나
어울려 차별 없이 나부끼는 저들의 삶

이 세상 코스모스 위의 찬란한 빛에
나는 경건해진다

아침 출근 때 여기를 스쳐가는 행운
피고 지고 거의 한 달여 코스모스와 산다
금싸라기 시간이다
신혼시절보다 더 아쉬운 시간이다

이 세상을 이별한다 해도

마지막 아쉬운 게 없다
우리나라 산과 들과 바다 그리고
저 코스모스 꽃길만 내가 가져가고 싶다

어찌 가져가나
안 되는 거지
그러면 더 미련 둘 일이 없을 듯하다

나 없어도 코스모스는
잘 피겠지 하면 된다

그런 그를 연인처럼 시방 나는
기다리고 있다

호수 쪽으로 가는 길

고개 두 개 넘고 숲길 한참 걸어 내려가 있었다
큰형이랑 낚시하던 그 방죽
초등학교 운동장 두 개 정도 크기
슬픔이고 아픔이던 그런 이니스프리의 한 구탱이
어느 저녁 아버지한테 꾸중 듣고 밥 굶은 채
혼자 호수 쪽으로 가다가 거기서 만났던 둘째형
형은 바로 짐작하고 내 손잡고 집으로
데려 오면서 많은 애길 했다
그 애기 속에서 아이 시절을 살았다
큰형은 심장마비로 40대에 죽고

팔십 넘은 작은형은 살아 지금도 얼굴에
호수를 담고 있다

가난한 어머니가 8남매 낳아 기르던 산골
동네 넘어 방죽 어머니 눈빛이었다
봄이면 할미새들이 집 지을 검불을 물어가던 곳
큰 붕어가 낚이던 곳

어느 해 메워지고 아파트 단지가 죽순처럼 들어
섰다
늙은 내가 골목 사이로 출근하는 길
차를 운전하며 물 위를 가듯 조심조심 달려간다
작은형 손이 어머니의 눈이 나를 데리고 간다
세상의 어디까지가 호수일까
추억의 토막토막을 밟으며 나는 어디로 가는지

타이트 하게

태풍과 태풍 사이를 비가 내리고 있네요
비들은 비끼리 어깨를 촘촘 겨루고 내리네요
비가 오거나 말거나 난 아라비안나이트처럼
매일 시를 쓰고 있어요 시가 꽉 찬 시집을 낼 껍
니다
형이랑 누나랑 삼촌이랑 콩밭이랑에 촘촘히 콩 심던
그때 생각이 나요

어느 땐가 임금님은 매일 백성들에게
받을 세금만 생각했다네요
경복궁타령이 나오고 지친 지게들이
작대기 들이 널브러지고 원망이
사랑방에서 콩나물시루처럼 자라고
그땐 꽉 허리끈 조이고 타임머신을 타고
가길 바랬겠지요

우린 모두 꽉 찬 바람풍선 아닌가요
비가 개이고 태풍이 가고 코로나도 가고 학교 앞길
교실마다 애들이 꽉 차고 웃고 선생님도 웃고

논배미 개구리도 웃고

배고파도 아파도 날마다 희망에
터져 죽고 싶잖아요

꽃은 저절로 피지만

노란 애기똥풀꽃 하얀 개망초꽃
온 동네 향기 뿌리는 백합이
솔로몬 영화 보다 찬란한 오뉴월
우린 비로소 가벼운 옷차림으로 갈 곳을 갑니다
외할머니 목소리처럼 그리운 것들은 모두
산 너머 있어 그 산길로 갑니다
새로 나온 풀 꽃 나무 잎을 만지며 스치며 갑니다
겨울 동안 점퍼 주머니에 넣고 다니던 손이
저절로 밖으로 나와 바람을 만집니다
불현 듯 떠오릅니다 저 꽃들은 어떻게 피어오를까
가난한 사람이 성공 길 걸어가듯 어려웠겠지
봉오리 안에 웅크린 겹꽃이 얼마나 추웠겠냐구
그래서 꽃이 더 예뻐
어느 시인의 눈에 더운 눈물 쏟았겠지

걸어온 길이 아득한 보헤미안
지금 내 앞에 있네

진화의 껍데기

조상 무덤 파헤쳐 백골 꺼내 놓고
분화기로 바싹 태워 부스러뜨려 대충 뿌리고
묘비 하나 세운 후

지극히 축소된 관리 면적
일 년 한 번의 벌초 노력을 삭제한다

분묘의 사상
인간의 존엄
존재의 향수는
우리 손에 의해 말살 되고 있다

죽으면 끝이다
살아 있어도 이미 끝이다

우린 속으로
서로 보기 싫어질 게 뻔하다

젖은 수건을 비틀어 짜면 슬픔이 묻어나올
이 시대의 적막

의자

퇴직하는 아버지가
낡은 회전의자를 가져왔다

첨 본 의자고 회전의자다

고등학교 다니던 형이
앉아 공부했고
나는 의자 없이
날바닥에서 공부했다

글씨 쓸 때는 엎드려 썼다

추후 안 거지만
의자 있고 없음은
학교 성적과 아무런
관계가 없는 거였다

들밥을 먹을 때
날바닥에 거적을
깔고 먹는다
식탁에 놓거나
땅에 놓거나

음식 맛은 똑같다

책상에 의자까지 필요한 건
매일 서류 읽고 쓰는
사무 현장에서 필수 품목인가

아니다, 사람들 얘기처럼
의자에 앉은 이들이
억수로 좋은 세상을 만들어
이젠 의자가 의자를 낳았다는 거다

광장에 내놓을 플라스틱 의자를
트럭에 싣고 다닌다

엎드려 숙제를 쓰던 지난날이
잘 발효된 메주덩이로
매달려 있다

어디서 온 의자가
나를
손님 어서 앉으라 한다

호국로 골목

전전에 뒷집 살던 50대 홀아비
어디서 얼굴이 제법 뽀얀
자기 또래 여자를 데리구 와선
잠시 살다 떠났는데
떠나면서 여자들에게 했다는 말

저것이
○○은 지가 기막히게
잘한다고 장담하더니
거시기도 작고
몇 초도 버티지 못하더라 인데

골목 여자들이랑
아파트 살구나무 그늘에 앉아
까르르 까르르 웃는 바람에
살구가 툭툭 떨어졌다나 뭐라나
그 남자는
여자랑 헤어지고
두어해 더 살다 죽었고

집 사서 새로 온 부부는
삼십대 후반 주말부부
토요일 밤의 그들은 지나가는 이들이
턱턱 숨을 멈추도록
밖에까지 무슨 소리를 내보내서
온 동네가 토요일 저녁은
섹스 바이러스로 난리라는

623의 0호 그 집은
골목의 섹스 커뮤니케이션이라나
뭐라나

의자 위에서 수선화가

골목 우회전해 두 번째 집
70대 할머니
할아버지 하늘 보내고 4년 째 혼자 사는데

자기 집 앞 넓은 길 한편
남편 차 세워뒀던 자리
자기 땅이라고

주차 못하게 낡은 의자 두 개로
막아 놓고
누가 의자 치우고 차 세워 놓으면
'주차 금지'
라고 끈질기게 써 붙이더니

요즘 의자 위에 화분 하나 놓고
그 화분 꽃 피우자
의자 구석으로 밀어놔 주고
주차 공간 허용했어

신화처럼
수선화가 꽃을 피웠어

동전

동전의 이쪽이 저쪽에게 톡을 보낸다
동전의 저쪽이 톡을 받는다

한 몸인데 보고 싶은 걸 다 볼 수는 없다
또 하나의 동전을 나란히 놓고 면을 다르게 놓고

어느 날 한 면이 떠날 수 없도록
구멍을 뚫어 튼튼한 줄에 꿰어

그리운 옛날
지금은
헤어진 동전들이
방황하며

동전이 동전의 반대편 얼굴을
기웃거리는
거리

섬

섬 하나 생겼다
내 속에 구름의 그림자 같은 괴적

그가 살다간 자리
기도의 말 걸어놓고
밤이 나를 깨어 있게 한다

그리워하지 않고
울지도 않는 섬의
비밀이 나를 눈 뜨게 하고
나를 외면하고 있다

그가 남긴 것은 치자꽃 향기
그가 던진 것은 서운한 절벽

파도 소리가 저 절벽 때리는
모든 시간을 하얀 물새는 날고
나는 섬에게 아무 말도 하지 않는다

자주달개비꽃

초판1쇄 인쇄 2023년 5월 20일
초판1쇄 발행 2023년 5월 25일

지은이   이인해(영주)
만든이   박찬순
만든곳   예술의숲
　　　　등록 2002. 4. 25.(제25100-2007-37호)
　　　　주　　소 · 충청북도 청주시 상당구 교서로2
　　　　전　　화 · 070-8838-2475
　　　　휴 대 폰 · 010-5467-4774
　　　　이 메 일 · cjpoem@hanmail.net

※ 이 책은 충청북도, 충북문화재단의 후원으로 문화예술육성
　지원사업의 일환으로 지원받아 발간되었음.